冰龍

喬治·馬汀

路易斯·絡約 Luis Royo———繪
蘇瑩文———譯

THE ICE DRAGON

GEORGE R.R. MARTIN

以我最誠摯的愛，將本書獻給
最早有這個點子的費普斯

CONTENTS

目次

冰龍

THE ICE DRAGON

第一章

冬天的孩子

WINTER'S
CHILD

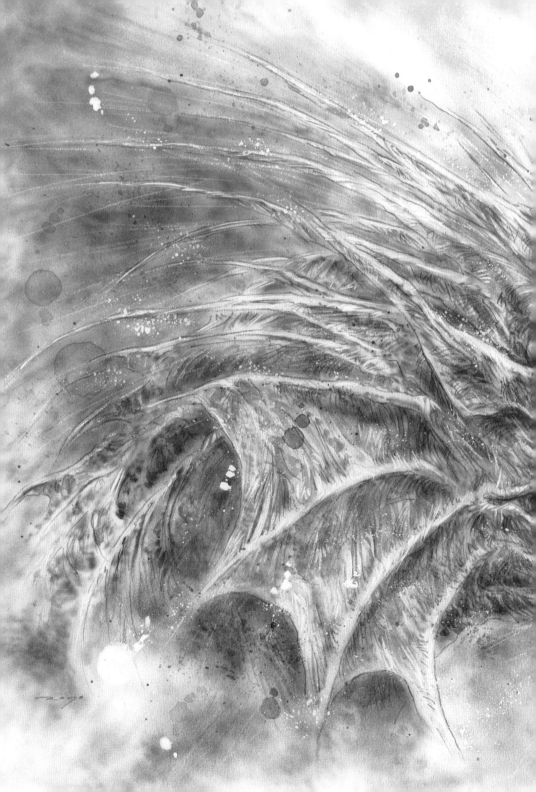

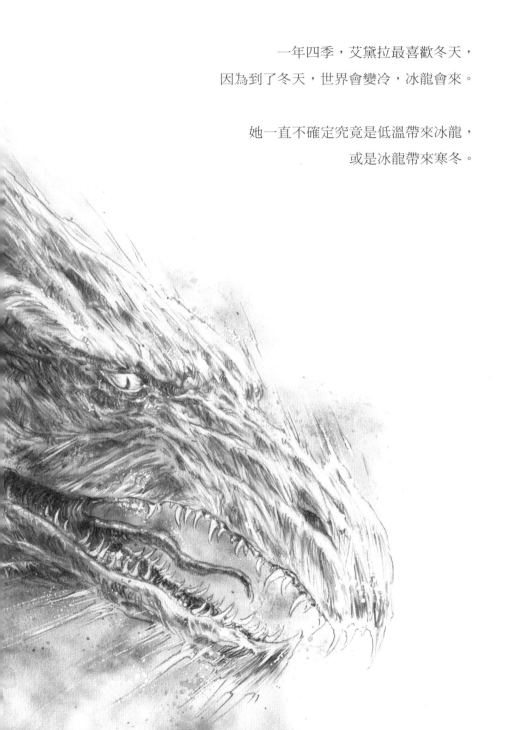

一年四季，艾黛拉最喜歡冬天，
因為到了冬天，世界會變冷，冰龍會來。

她一直不確定究竟是低溫帶來冰龍，
或是冰龍帶來寒冬。

大她兩歲的哥哥傑夫老是為了這類問題傷腦筋，但艾黛拉不在乎這種事。只要寒冷、冰雪和冰龍會按時到來，她就高興了。她總是知道冬天該什麼時候到，因為她的生日在冬天。

艾黛拉是冬天的孩子，在凜冬出生。

那年是所有人記憶中最凍的冬天，連住在隔壁農場、記得艾黛拉出生前一切的蘿拉都這麼說。

後來，艾黛拉還時常聽到大家提起那年的嚴寒。

大家還會說起別的事。他們說，在艾黛拉母親分娩的漫漫長夜，凜冽刺骨的冰寒穿過她父親升起的火，鑽入層層覆蓋的毯子下，奪走她母親的性命。他們說，冰寒進入了還在母親子宮裡的艾黛拉，她出生時，淺藍色皮膚摸起來一片冰涼，

而且她自出生後就沒有暖起來過。冬天碰觸了她，在她身上留下記號，將她納為己有。

沒錯，艾黛拉和其他孩子不同。她是個嚴肅的小女孩，極少和別人玩在一起。

大家都說她很漂亮，但蒼白的皮膚、滿頭金髮和淡藍色的眼眸讓她美得很特殊又不容易親近。她會微笑，但笑容不常見。另外，從來沒有人看過她哭。五歲時，她曾經踩到路邊雪堆下一塊木板上的長釘，釘子刺穿了她的腳掌，儘管如此，她既沒有哭也沒有尖叫。她拉掉釘子走回家，在雪地上留下一道血腳印，回到家後也只說了句：「爸爸，我弄傷了腳。」在她身上，從來不曾見過一般孩子在童年時期常出現的鬧彆扭、發脾氣和哭哭啼啼。

甚至於艾黛拉的家人呢，他們也知道她與眾不同。艾黛拉她爸是個大塊頭，體型粗壯如一頭大熊，通常對大家沒太大用處。但在傑夫纏著他問一大堆問題時，他臉上會帶著笑容；對泰芮，他則是從來不吝惜擁抱和笑聲。泰芮是艾黛拉的姊姊，有一頭金髮，臉上長著雀斑，老

是不知羞地勾引本地男孩。父親不時也會擁抱艾黛拉，
但只在漫長的寒冬。

不過，在那種時候，他臉上不會有笑容。他只是用足了
力氣，雙手環抱著她，讓她小小的身子緊貼著自己的胸
口，任大滴大滴的淚珠滑落他紅通通的雙頰。他從來不
會在夏天擁抱女兒；夏天的他過於忙碌。

夏天每個人都忙，唯一的例外是艾黛拉。傑夫會和父親
到田裡工作，無止境地問這問那，學習每個農夫都該知
道的知識。如果沒下田，他會和朋友一起跑到河邊冒
險。泰芮負責家務和煮飯，旺季時，還會到十字路口附
近的酒館打工。酒館老闆的女兒跟泰芮是朋友，最小的
兒子則不只是朋友而已。她下工回家時，總是咯咯地笑
著說些八卦，以及旅人、士兵和國王信差的消息。

對泰芮和傑夫來說，夏季是最美好的時光，他們兩個忙
得沒時間理會艾黛拉。

全家最忙的，是三個孩子的父親。他每天都有上千件事
要做，做完以後還有另一千件事情等著他。他天亮就開
始工作，一直忙到天黑。在夏天，他的肌肉變得精實，
但永遠帶著微笑回家。晚餐過後，他會坐在傑夫身邊，
說故事或回答兒子的問題；或者是教泰芮一些烹飪上她
還不知道的事；要不，就是慢慢走到酒館。他真的是個
夏天的男人。

他在夏天不喝酒，頂多是在他弟弟偶爾來訪時，喝一杯
葡萄酒。

泰芮和傑夫喜歡綠意盎然、生氣蓬勃的夏天還有個原
因。只有在這個季節，他們父親的小弟——也就是孩子
們的叔叔，哈爾——才會來訪。

哈爾是國王麾下的龍騎士，身材高䠷，生了張貴族般的臉孔。龍受不了寒冬，所以冬天一來，哈爾和龍騎士軍團會飛往南邊避寒。但每年夏天，哈爾在前往他們家北方或西方戰場的途中，都會回來探望大家。從艾黛拉出生到現在，戰爭一直沒有停息。

哈爾北返時，總是會帶來禮物，有國王居住城市的玩具、水晶、金飾珠寶、糖果，而且一定會有一瓶和哥哥分享的昂貴葡萄酒。他會對泰芮笑，用讚美讓她臉紅，會告訴傑夫一些戰爭、城堡和龍的故事。至於艾黛拉呢，他則是藉由禮物、手勢或擁抱來逗她微笑。只不過成功的機率不高就是了。

哈爾雖然是個大好人，但艾黛拉卻不喜歡叔叔，因為叔叔的來訪代表了冬天的遠去。

此外，在她四歲的一個晚上，大家都以為她睡熟了，但

是她聽到爸爸跟叔叔邊喝酒邊聊天。「真是個嚴肅的小女孩，」哈爾說：「你應該對她更好一點，約翰，不能把事情怪在她身上。」

「不能嗎？」喝了酒的父親，回答時有些口齒不清。「應該不能吧。但是好難。她長得像貝絲，卻沒有貝絲的溫暖。你知道嗎，冬天就像住在她的身體裡，我無論什麼時候碰她都覺得冷，而且老會想起貝絲是為了生她才送命的。」

「你對她太冷漠了，不像愛其他兩個孩子那麼愛她。」

艾黛拉記得當時她父親笑了。「愛她？啊，哈爾，我最愛的就是她了，我那冬天的女兒，但她從來沒有用愛來回應我。她心裡容不下你我或我們任何一個人。她是個那麼冰冷的小女孩。」接著，他開始啜泣，儘管那時正當夏日，而且哈爾陪在他身邊。

躺在床上的艾黛拉只希望叔叔能趕緊飛走。當年的她不能完全理解自己聽到的對話，但是她把話記了下來，等到長大了些才弄懂。

她四歲聽到那些話沒有哭，到了六歲終於弄懂時也沒掉淚。幾天之後哈爾離開。龍騎士軍團的三十隻巨大戰龍在空中組成了氣勢昂然的隊形，傑夫和泰芮在龍騎士軍團飛過上方時興奮地揮手。艾黛拉只垂著雙手看。

第二章

雪中的祕密

SECRETS
IN THE SNOW

艾黛拉祕密地收藏著自己的笑容，存下來到冬天用。她
幾乎等不及過生日，以及隨生日而來的嚴寒。因為，在
冬天，她是個特別的孩子。

當她很小，還和其他孩子在雪地裡玩時，她就知道了這
點。低溫從來不會像困擾傑夫、泰芮和其他朋友那樣，
讓她止步。在其他人跑去取暖，或去找幫孩子們煮熱呼
呼蔬菜湯的老蘿拉時，艾黛拉可以在戶外停留好幾個小
時。

每年冬天，艾黛拉都會在田野找一個不同的祕密角落，
蓋起高高的白色冰雪城堡。她光著小手拍平雪堆，再鑿
出高塔和有槍砲眼的城垛，那形狀就跟哈爾常提起的國
王城市一樣。她會折下低矮樹枝上垂掛的冰柱，用來當
作塔頂、牆頭釘或鎮守在城堡四周的崗哨。隆冬時節，
常會有短暫的融雪又突然降溫，她的城堡往往隔夜就凍
成了冰，和她想像中真正的城堡一樣堅固。每個冬天，

她都會蓋她的城堡，而且從來沒有人知道。然而春天總是會來，融雪之後不會再降溫；接著，所有的堡壘和城牆都會融化，艾黛拉只好開始數日子，期待她的生日再次到來。

她的冬季城堡很少空著。每年第一次結霜後，冰蜥蝪會鑽出洞穴，田野滿是橫衝直撞的藍色小爬蟲，牠們像是腳沒踩踏到雪似的飛掠過地面。所有孩子都會和冰蜥蝪玩，但其他人大多笨手笨腳又殘忍，他們會像折斷掛在屋簷下的冰柱那樣，用指頭將冰蜥蝪扯成兩段。連心地善良、不會做那種事的傑夫偶爾都會好奇，把冰蜥蝪拿在手上研究許久。但他雙手的溫度會讓冰蜥蝪融化、燃燒，最後還會死掉。

艾黛拉的雙手既冰冷又溫柔，她愛捧冰蜥蜴多久就可以捧多久，完全不會傷害到小爬蟲，這老是讓傑夫嘟著嘴，生氣地問問題。有時候，她會躺在又冰又溼的雪地，讓冰蜥蜴爬到她的身上，開心地享受冰蜥蜴小腳輕輕碰觸她臉龐的感覺。她幫忙家務時，偶爾會把冰蜥蜴藏在頭髮中，但是她很小心，不會把牠們帶進屋裡，免得室內的溫度和爐火害牠們喪命。一家人吃過飯後，她會把收起的廚餘帶到她的祕密城堡，散放在四周。於是，她蓋的城堡裡會有滿滿的國王和朝臣：其他毛茸茸的小動物會從樹林中溜出來，淡色羽毛的冬季鳥兒和上百隻冰蜥蜴紛紛現身搶食。天氣雖冷，但牠們動作迅速，全吃得胖嘟嘟。艾黛拉喜歡這些冰蜥蜴的程度，勝過她家裡多年來養過的任何一種寵物。

但她最愛的還是冰龍。

她不知道自己第一次看到冰龍是在什麼時候。她覺得冰龍一直是她生活中的一部分，是一對對在隆冬日子掠過冷冽天際的莊嚴藍翅。

就算在當年，冰龍也很罕見。無論冰龍何時出現，孩子們都
會興奮地指著看，而老一輩則是搖著頭喃喃低語。一旦冰龍
從異地歸來，就代表漫長凜冬已至。他們說，艾黛拉出生那
晚，一隻冰龍從月亮前面飛過；此後，再看到牠的冬天都會
格外凄冷，而春天也來得更晚。所以大家會點火、祈禱，希
望冰龍別來，而艾黛拉心裡則充滿恐懼。

不過人們的作法從未奏效。冰龍每年都會回來。艾黛拉
知道牠是為了她而來。

冰龍體型龐大，哈爾和他同伴騎的綠色戰龍只有冰龍的
一半大。艾黛拉還聽人說過野龍的傳奇，說牠們比山還
大，但是她從來沒有親眼見過。不可否認，哈爾的龍已
經夠大了，體積足足有馬匹的五倍大，但比起冰龍還是
小，而且又醜。

冰龍通體晶瑩凝白，而且透白得冰涼，幾乎像是藍色。
牠身上覆著白霜，只要稍有點動作，皮膚便會如同男人
靴子下的雪地般崩裂，灑下一朵朵白色的霜。

牠的雙眼清澈、深邃又冰冷。

冰龍大翅膀的顏色是透明的淺藍色，形狀有點像蝙蝠的翅膀。透過那對翅膀，艾黛拉可以看到天上的雲，當冰龍拍動翅膀在天空繞著飛時，她更常看到月亮和星星。牠的牙齒長得像冰柱，總共有三排，這些尖銳牙齒參差不齊，在深藍色的咽喉襯托下，更顯得白森森。

當冰龍拍動雙翅，冷風隨之狂吹，雪花急促旋轉，整個世界不僅縮小，似乎還會打顫。有時候，如果有哪扇門被一陣突如其來的大風吹開，屋主會跑過去拴上門，說：「有隻冰龍剛飛過去。」

冰龍和尋常的龍不同，在牠張開大嘴呼氣時，吐出的不是帶著硫磺臭味的火焰。

冰龍吐出來的是冰寒。

牠呼氣會結成冰。暖空氣一溜煙地跑走，搖曳後熄滅的火光，速速被冰寒給驅散。樹木凍到只剩下祕密的緩慢靈魂，冰得變脆的枝枒被自己的重量壓斷。動物凍到失去血色，低泣哀鳴而死，暴突的眼睛和皮膚都蒙著一層寒霜。

冰龍把死亡吹進了世界；死亡、靜默和冷冽。但艾黛拉不害怕。她是冬天的孩子，冰龍是她的祕密。

她見過冰龍在天空盤旋不下千次。她四歲時，第一次看到冰龍停到地面。

她在空曠的雪地上蓋冰雪城堡，冰龍降落後向她靠過去。所有冰蜥蜴四散逃竄，艾黛拉卻是站著沒動。冰龍久久地凝視她，之後才又飛向天邊。當牠拍動翅膀時，啾啾作響的狂風不但在艾黛拉身邊捲動，還幾乎要穿透了她，但艾黛拉只感到一股奇怪的興奮之情。

那年冬天稍晚，冰龍又回來了，這次艾黛拉輕輕碰觸了牠。牠的皮膚冰涼，然而她仍是脫掉手套才摸。如果不這麼做，感覺就不對。她有點擔心自己的碰觸會害牠燃燒、融化，但冰龍沒有變化。不知怎麼著，艾黛拉就是知道：冰龍比冰蜥蜴對溫度更敏感。但是她——冬天的孩子——很特殊，她很冰涼。她一開始先撫摸牠，最後忍不住，還親吻了牠的翅膀——不過這個動作讓她嘴唇痛了起來。艾黛拉碰觸冰龍的冬天，是在她四歲那年。

第三章

寒意撲面而來

THE
RISING COLD

艾黛拉五歲生日的那年冬天，她首次騎上冰龍。

那年，冰龍又來找她。當時，她如同以往是獨自一個人，在
與前一年不同的位置蓋另一座城堡。

她看著冰龍飛來，在牠降落時跑過去，緊緊依偎著牠。
她就是在這一年的夏天聽到父親和哈爾叔叔的對話。

艾黛拉和冰龍一起站了許久，後來她想到哈爾，於是伸
出小手拉冰龍的翅膀。冰龍雙翅拍打了一次，順著雪地
向兩側平平地伸展開來，艾黛拉手忙腳亂地爬上去，雙
臂緊緊環住龍冰涼的白色脖子。

他們首度一起飛翔。

她和國王的龍騎士不同，她沒有他們的韁繩，也沒有鞭
子。幾次，當冰龍拍打雙翅時，她差點從攀住的位置摔
下來，而且冰龍身上的寒冷穿透她的衣服，讓小女孩的
肌膚發麻。但艾黛拉不害怕。

他們飛越她父親的農場，下方既驚又怕的傑夫看起來好
小，她知道哥哥看不到她。這讓她笑了出來，她銀鈴般
的笑聲冰冰冷冷，在冬天的風中聽來十分清脆。

他們飛越了路口的酒館，一群酒客出來看他們從頭上掠過。

他們又飛越了白雪綠葉交織的寧靜森林。

他們高高地飛上藍天，高到艾黛拉看不見下方的土地，她覺得自己瞥見了另一隻冰龍，但那隻遠遠在後的冰龍還沒有**她的龍**一半大。

他們幾乎飛了一整天，到最後，冰龍在空中劃了一個好大的弧線才回頭，展開閃亮亮的雙翅慢慢滑翔，盤旋下降。在暮色剛落時，冰龍把小女孩帶回稍早找到她的地方。

父親看到艾黛拉回來，淚眼汪汪地用力緊抱著女兒。艾黛拉不懂父親的心情，也不懂他為什麼一帶她回家就打了她一頓。

在父親送她和傑夫上床睡覺後，她聽到傑夫溜下床，來到她的床邊。「妳錯過了好戲，」他說：「今天有隻冰龍出現，把大家都嚇壞了。爸爸好擔心妳會被龍吃掉。」

在黑暗中，艾黛拉靜靜地對自己微笑，但什麼也沒說。

那天冬天，她又騎著冰龍飛了好幾次，在接下來的每年冬天也是如此。每年，他們都飛得比前一年更遠，大家也更常在他們家農場上方看到冰龍。

每年冬天都比前一年更長一點。

每年的融雪期，也都比前一年來得更晚一點。

有時候，冰龍躺下來休息過的地方，積雪似乎永遠不會完全融化。

她六歲那年，村裡開始流傳許多閒言閒語，訊息也傳到了國王那裡，但沒有聽到回音。

「冰龍是壞事。」那年夏天，哈爾來到了農場，他說：「知道嗎，冰龍和龍不一樣，既不能馴養又不能訓練。聽說有些人想嘗試，結果給人發現手上還拿著鞭子和韁繩就凍死了。

我也聽過有人光是想摸冰龍，就因為凍瘡而失去了手或指頭。沒錯，冰龍真是壞事。」

「那國王為什麼沒有採取任何行動？」她父親問道：「我們送了訊息給國王。除非我們能殺掉或駕馭冰龍，不然再過一、兩年，就沒有土地可以耕種了。」

哈爾嚴肅地微笑。「國王有其他事要忙。你知道的，戰況越來越慘了。敵人每年夏天都比前一年更逼近一些，而且龍騎士的人數是我們的兩倍。告訴你啊，約翰，北方的局勢很糟。總有一年我會回不來。國王實在沒有人手來驅趕冰龍。我猜，從來也沒有人殺過冰龍，或許我們應該讓敵軍占領這個省分。這麼一來，冰龍就是**他們的**問題了。」

艾黛拉邊聽邊想：冰龍不會是他們的。無論哪個國王統治這片土地，冰龍永遠都是**她的**。

第四章

北方之火

FIRES
IN THE NORTH

哈爾離開後，季節逐漸來到盛夏。艾黛拉默默數著，還要多久才會到她的生日。

哈爾在第一波寒流抵達之前又來過一次，騎著他醜陋的龍要前往南方過冬。然而那年秋天，飛越秋霜的龍騎士軍團似乎比以往的陣容小了些，哈爾的到訪也比從前短，最後還以兄弟大聲爭吵收尾。

「他們不會在冬天行動，」哈爾說：「冬季的天候地貌嚴峻，而且沒有龍騎士居高掩護，他們不會貿然前進。但是春天一來，我們就沒辦法阻擋他們了。國王可能連試都不會試。趁現在農田還能賣個好價錢，趕緊把地賣掉吧。你可以到南邊另外買一塊地。」

「這裡是我的土地，」她父親說：「我在這裡出生。你也一樣，但你好像忘了這回事。我們的父母葬在這裡，貝絲也是。將來我死了，也要躺在她身邊。」

「假如你不聽我的話，你會比自己想的還早死，」哈爾生氣地說：「別傻了，約翰。我知道這塊土地對你的意義，但是它不值得你賠上性命。」他繼續不停地說，但

艾黛拉的父親不為所動。那天晚上，兩兄弟最後是惡
言相向、不歡而散，大半夜裡哈爾「砰」一聲甩上門離
開。

艾黛拉聽到這些話，暗自做了決定。她父親要怎麼做
都沒關係，但她一定要留下來。如果她搬走，等到冬
天來，冰龍就不知道要去哪裡找她了；倘若她搬到太南
邊，冰龍則根本沒辦法去。

然而，在她剛過七歲生日時冰龍還是來找她了。那年冬
天是有史以來最冷的冬天。她太常騎著冰龍飛，而且又
飛得太遠，幾乎沒時間蓋她的冰雪城堡。

到了春天，哈爾又來了。那年，他的隊伍只剩下十幾名
龍騎士，而他也沒有帶禮物過來。他和她父親再次起了
爭執。哈爾發了脾氣，又是懇求又是威脅的，但她父親
鐵了心，完全沒被弟弟打動。最後哈爾離開，飛往了戰
場。

同一年，國王的軍隊在北方某個城市打了敗仗，那地方
的名字太長，艾黛拉唸不出來。

最先聽到消息的是泰芮。一天晚上，她滿臉通紅，興沖
沖地從酒館回家。「有個信差從北方下來，正要去見國
王。」她告訴他們：「敵軍打贏了重要的戰役，他要去
請求支援。他說我們的軍隊節節敗退。」

孩子的父親沉下臉，擔憂的皺紋爬上他的眉頭。「信差
有沒有提到國王的龍騎士？」儘管他們曾經爭吵，哈爾
畢竟還是家人。

「我問了，」泰芮說：「他說龍騎士是殿後部隊，他們
的任務是以襲擊和燒毀來拖延敵軍進攻，讓我方部隊安
全撤離。噢，我希望哈爾叔叔平安！」

「哈爾會給他們好看的，」傑夫說：「他會騎著硫磺把
他們全都燒光。」

孩子的父親微笑了。「哈爾一向懂得照顧自己。不管怎麼樣，我們都幫不上忙。泰芮，如果還有信差經過，記得問他們戰況如何。」

她點點頭，但擔憂沒能完全蓋過興奮。這件事太刺激了。

接下來幾個星期，興奮與刺激的心情逐漸退去，這一帶的居民開始了解這場災難有多嚴重。與國王聯繫的道路越來越忙碌，而且方向都是由北往南，旅人都穿著綠、金兩色的制服。最初，士兵排列整齊地前進，領隊的軍官們頭戴金色頭盔；但即使在那時候，他們也沒辦法激勵人心。行進的隊伍消沉疲倦，制服不是髒了就是破了，士兵帶的劍、長矛和戰斧裂痕斑斑，往往還生鏽。

有些人的武器掉了，空著手，茫然地跛行。跟在隊伍後面、
載著傷兵的拖車往往比行走的隊伍還長。艾黛拉站在路旁的
草地上，看著他們經過。她看到一個失去雙眼的男人扶持著
一個獨腳男人，兩個人一起走；她也看到少了雙腳或雙手，

或是手腳都沒了的男人。甚至還有一個腦袋被戰斧劈開的人，以及許多身上覆著血塊而且骯髒的人，和邊走邊低聲呻吟的人。她**聞到**怪味，那些人腫脹的身體呈現出駭人的綠色。其中有個死了，他們直接把他留在路邊。艾黛拉告訴她父親後，他和村裡的幾個男人一起過來，埋葬了那名死去的士兵。

艾黛拉看到最多的，是燒傷的人。每一隊行進的士兵中總有好幾十個燒傷的人，他們焦黑的皮膚裂開而且脫落，龍噴出的火焰害他們失去了手、腳，甚至半張臉。有些軍官會來到酒館喝酒或休息，泰芮告訴家人她從軍官那裡聽到的話：敵人有很多很多龍。

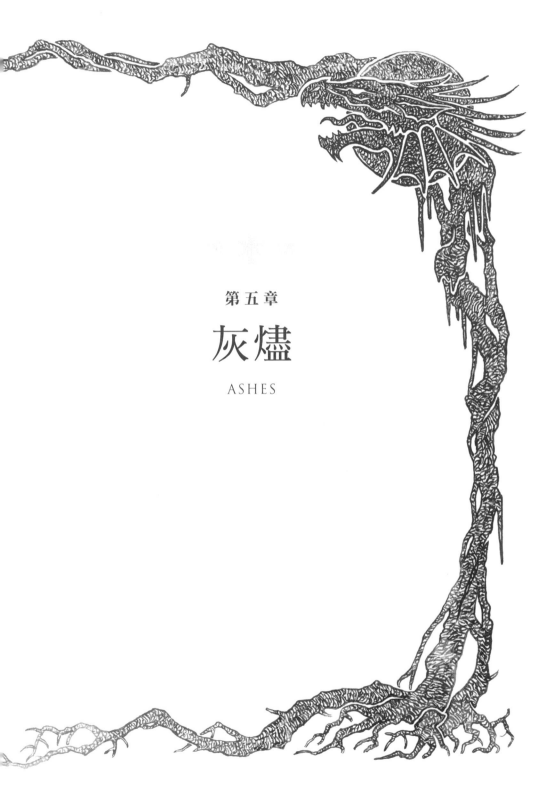

第五章

灰燼

ASHES

將近一個月的時間，不斷有隊伍經過，而且一天比一天多。
連蘿拉婆婆都承認她從來沒看過路上有這麼多人。

這段期間，偶爾會有一名騎著馬的信差從相反的方向來，快馬加鞭地奔向北方，但永遠是獨自一人。

過了一陣子，大家都知道援軍不會來了。

最後一批隊伍中，有一名軍官勸告這一帶的居民盡可
能收拾家當，往南邊去。他警告大家：「他們打過來
了。」少數人聽了他的話，而且果然沒錯，有一整個星
期的時間，路上都是來自更北方城市的難民。這當中，
有些人說出自己慘痛的故事。這群人離開時，更多本地
人加入了逃亡的隊伍。

但多數人選擇留下來。這些人和她父親一樣，都認為這
塊土地存在於他們的血脈當中。

最後一隊有組織的官兵，是衣衫襤褸的騎兵團，他們憔
悴到有如骷髏，而他們騎的馬同樣瘦骨嶙峋，馬皮就繃
在肋骨上。騎兵團在夜裡轟隆隆地經過，他們胯下的馬
匹喘息吐沫，唯一停下來的，是一名臉色蒼白的年輕軍
官。他迅速地拉緊馬韁對大家喊道：「走，快走。他們
會燒掉所有東西！」接著便跟著其他人一起離開了。

之後經過的少數士兵不是獨自一人，就是少數幾個一群。他們並非全走大馬路，拿了東西也不見得都會付錢。最後，再也沒有人路過他們的村落了；再也沒有人使用這條路。

酒館老闆宣稱，吹起北風的時候，他聞得到灰燼的味道。他收拾家當，帶著家人南下。泰芮因此心煩意亂，傑夫則是焦慮地瞪大了雙眼，但害怕的成分不多。他問了上千個有關敵軍的問題，自己練習著打仗當戰士。他們的父親照常忙著農務，和以往一樣忙。不管有沒有戰爭，他的田裡都有作物。儘管如此，他的笑容比從前少，而且還開始喝酒，艾黛拉經常看到他在工作時抬頭看天空。

艾黛拉一個人到野地遊蕩，自己在夏季的溼氣中玩耍，努力想著若父親要帶他們離開，她應該躲到哪裡才好。

殿後的龍騎士軍團終於出現時，哈爾也跟著來了。

軍團只剩下四名騎士。艾黛拉看到第一名龍騎士出現，
立刻跑去告訴父親。他把手搭在女兒的肩膀上，一起看
著那名龍騎士騎著看來有些狼狽的綠龍飛過去。龍騎士
沒停下來和他們說話。

兩天後，另外三名騎士騎著他們的龍經過，其中一人脫
隊後盤旋下降，停在他們的農場，其他兩隻龍則繼續往
南飛。

哈爾叔叔不但瘦，而且氣色灰敗。他的龍好像也病了，
眼神飄飄忽忽，一邊翅膀有部分燒焦，因此飛起來的樣
子既笨重又辛苦。「你現在願意走了嗎？」他當著所有
孩子的面問他的哥哥。

「不，我的想法完全沒有改變。」

哈爾出聲咒罵。「他們三天內就會到了，」他說：「他
們的龍騎士會更早到。」

「爸，我好害怕。」泰芮說。

他看著女兒，看出她的恐懼，於是他猶豫了，才終於轉頭看著弟弟。「我要留下來，但如果你願意，我想請你帶孩子們走。」

這下輪到哈爾遲疑了。他想了一下，最後搖搖頭。「我沒辦法，約翰。如果有可能，我絕對很願意，而且欣然接受。但情況不是這樣。硫磺受傷了，幾乎連我都快載不動。如果我再給牠增加重量，我們哪裡也去不了。」

泰芮開始啜泣。

「對不起，寶貝，」哈爾對她說：「我真的很抱歉。」他無助地握緊拳頭。

「泰芮長大了，」孩子的父親說：「如果她太重，那麼你帶另外兩個其中一人。」

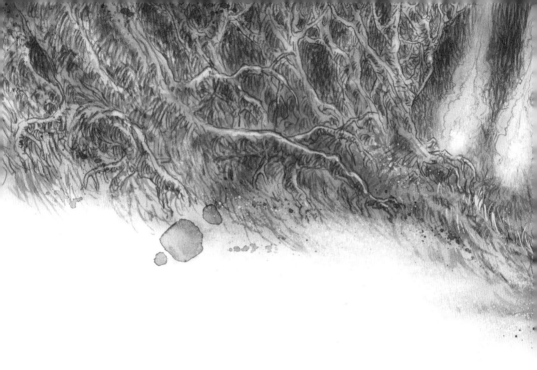

兩兄弟互相對望，眼神中充滿了絕望。哈爾覺得焦慮不安。「艾黛拉，」他終於開口，說：「她最小也最輕。」他努力擠出笑聲。「她輕得幾乎沒有重量。我帶艾黛拉。你們幾個看是騎馬、駕馬車或用走的都行，但你們一定得走。」

「我們會看著辦。」孩子的父親沒有明確表達出自己的決定。「你帶著艾黛拉，替我們保護她。」

「好的。」哈爾同意。他轉頭對艾黛拉微笑著說：「來，孩子。哈爾叔叔帶妳騎硫磺。」

艾黛拉非常嚴肅地看著哈爾。「不要。」她說完話，轉頭鑽出大門，放開腳步開始跑。

哈爾、她父親甚至傑夫當然都追了過去。但她父親站在門口吼著要她回來時浪費了太多時間，而他開始跑時腳步又太笨重。反觀艾黛拉，她不但個子小，腳步又輕快。哈爾和傑夫

追得比較久,但哈爾身體虛弱,而傑夫雖然一度緊追在
妹妹的後面快速衝刺,但很快就喘不過氣。

當艾黛拉跑到離家最近的麥田時,其他三個人早已遠遠
落後。她飛快地藏身在麥穗之間,小心翼翼地朝樹林前
進。後來他們在麥田裡找了好幾個小時,卻是白費工
夫。

暮色降臨了,他們拿出提燈點了火炬繼續搜尋。她不時
聽到父親的咒罵聲和哈爾的呼喚。稍早,她爬到一棵橡
樹上,如今高高地躲在樹木的枝幹間,帶著微笑看他們
提燈在田裡來回仔細搜尋。最後她睡著了,夢到冬天的
腳步接近,並懷疑要怎麼熬到自己的生日。時間還要過
那麼久。

第六章

逃離火焰

FLEEING
THE FIRE

清晨喚醒了她；清晨的光線，還有空中的聲音。

艾黛拉打個哈欠眨眨眼，又聽到了那個聲音。她往上爬向樹
梢，停在能承受她體重的最高點，推開樹葉。

天上有龍。

她從來沒看過這樣的龍。牠們鱗甲的顏色很深，近乎烏黑，不像哈爾騎的龍是綠色的。其中一隻是銅鏽色，另一隻的色澤像是乾掉的血，第三隻和煤塊一樣黑。牠們的眼睛都像是閃爍的煤炭，鼻孔噴著熱氣，幽暗、皮革似的翅膀在空中拍動，尾巴也跟著前後輕點。銅鏽色的龍張嘴一吼，搖撼了整座森林，連支撐艾黛拉的枝幹也跟著微微晃動。黑龍也發出了聲音，張口就射出一道夾雜橘紅和藍色的火焰，掃過下方的樹木。葉子瞬間乾枯變黑，龍焰接觸的地方都冒起煙。血色的龍飛到她的上方，緊繃的翅膀拍打作響，大嘴半開。艾黛拉看到牠的黃牙之間夾著煤灰和炭渣，牠飛過時帶起火熱大風，粗硬地刮擦她的皮膚。女孩縮起了身子。

這三隻龍背上的騎士身穿橘黑兩色制服，手上拿著鞭子和長矛，臉藏在深色的頭盔下。銅鏽色龍的騎士以長矛指著麥田另一端的農場建築物。艾黛拉張大眼睛看。

哈爾飛過來迎陣。

他的綠龍和敵人的一樣大，但不知怎麼著，艾黛拉看著龍從農場往上爬升時，偏覺得哈爾的龍比較小。牠雙翅完全展開後，清楚呈現出嚴重的傷勢；綠龍的右翅燒焦，飛行時明顯偏向一側。騎在龍背上的哈爾看起來就像他幾年前送他們的玩具士兵。

敵方的龍騎士分散開來，分別從三方發動攻勢。哈爾看出他們的計策。他想迴轉正面迎擊黑龍，閃過另外兩名對手。他憤怒又絕望地揮鞭，但終究沒能成功。他的綠龍張開嘴怒吼挑戰，但噴出的火焰短且蒼白，根本沒能

攻擊到對手。

敵方短暫停火，接著，在一個信號之後，三隻龍一起噴火。哈爾身陷火海。

他的戰龍發出尖嘯聲，艾黛拉看到龍著了火，**他**也著了火，龍和騎士都在燃燒，一起重重跌向地面，冒著煙撞進她父親的麥田之中。

空中瀰漫著灰燼。

艾黛拉伸長脖子四處張望，看到樹林和河流的後方冒出一股煙。那是老蘿拉和孫子帶著曾孫們住的農場。龍一隻跟著一隻停到地面。她看到第一名騎士下來，慢慢走向他們家的大門。

她既害怕又困惑，畢竟艾黛拉才七歲。夏季悶濁的空氣重重壓在她身上，讓無助充滿了她全身，使她更加害怕。於是艾黛拉不假思索，做出她唯一知道的事。她從樹上爬下來，開始狂奔。她跑著穿過麥田，穿過樹林，遠遠地跑離她家的農場、她的家人和那幾隻龍，把一切拋在身後。她跑向河邊，一直跑到雙腿抽痛。她跑到自己所知最冷的地方，跑到河岸峭壁下的洞穴、到陰涼、幽暗又安全的地方。

她躺在一片冰冷當中。艾黛拉是冬天的孩子，冰冷不會讓她不舒服。儘管如此，她躺下時仍然渾身顫抖。

時間流轉，白日進入了黑夜。艾黛拉沒有離開她的洞穴。

她試著入睡，但夢境裡滿是燃燒的龍。

她躺在黑暗中，身體縮成小小一團，想數出距離她生日還有多少天。洞穴涼爽舒適，艾黛拉幾乎可以假裝現在不是夏天而是冬天，或是說，離冬季不遠。再過不久，她的冰龍就會來找她，她會騎上冰龍，讓牠帶她到永冬之境。在那個地方，巨大的冰雪城堡和教堂會永遠立在沒有止境的雪地，寂靜無聲就是一切。

她躺在洞穴裡，感覺就像在冬季。

洞穴裡的溫度似乎越來越低，這讓她覺得自己很安全。她短暫地打個盹，醒來時感到周遭更冷了。洞穴的壁面結了一層白色的霜，她坐在一張冰床上。一道冷風輕撫著她，而這股風來自洞外，從夏天的世界吹進來，不是來自洞穴的深處。

她高興地輕呼一聲，手忙腳亂地爬上冰霜覆蓋的岩石。

冰龍在洞穴外等著她。

冰龍一直對著河水呼氣，如今河面已經結冰，或至少部分結冰，但看得出冰層隨著夏季艷陽升起，迅速地融化。冰龍對著河岸的綠草呼氣，和艾黛拉一樣高的野草成了冰脆的白刃。當冰龍拍打雙翅時，結冰的野草抖動後攔腰折斷，像是用鐮刀砍過那麼整齊。

牠用冰冷的雙眼望著艾黛拉的眼眸，她跑過去，爬上牠的翅膀，張開雙臂抱住牠。艾黛拉知道自己得快一點。冰龍比她從前看到的小，她知道夏天的熱氣對冰龍有什麼影響。

「快，冰龍，」她低聲說：「帶我走，帶我到永冬之境。我們再也不回這裡，再也不回來了。我會幫你蓋最棒的城堡，還會照顧你，每天都騎著你。冰龍，帶我走吧，帶我和你回家。」

冰龍聽懂了她的話。牠展開透明的大翅膀，開始在空中拍動，冷冽的冰風撲向夏天的大地。他們飛了起來，飛離洞穴和河流，飛越森林，越飛越高。冰龍朝北方飛去。艾黛拉瞥見父親的農場，但農場好小，而且越來越小。他們把農場拋在背後，振翅翱翔。

接著，有個聲音傳到艾黛拉耳邊。那個聲音很不真實，離她太遠而且太小聲，她不可能聽見，更何況冰龍正在拍動巨大的翅膀。但她仍然聽到了。她聽到她父親的慘叫聲。

熱淚滾落她的臉頰，落到了冰龍的背上，在冰霜的表面
上燙出小小的凹痕。突然間，她貼著冰龍的雙手感覺到
一陣刺痛，她抽開一隻手，看到自己在冰龍的脖子上留
下一個掌痕。她很害怕，但仍然緊緊抓好。

「回去，」她對冰龍低語：「噢，拜託，冰龍，帶我回
去。」

她看不到冰龍的雙眼，但是她知道那雙眼睛會流露出什
麼感情。冰龍張開嘴巴，一縷灰白色的煙霧噴了出來，
在天上畫出一道羽狀的冷雲。

牠沒有發出聲音；冰龍都很安靜。但在她心裡，艾黛拉
聽到牠哀傷的痛哭。

「拜託你，」她再次低語：「幫幫我。」她的聲音輕柔且十分微弱。

冰龍調了頭。

第七章

冰冷的憤怒

COLD FURY

艾黛拉回到家，看到三隻深色的龍停在穀倉外面。

她父親養的牲口全都燒得焦黑，
而三隻龍正在大口吃這些焦屍。

一名龍騎士依著長矛站在牠們附近，不時還戳戳他的龍。

穿過田野的凌厲冰風讓他抬起頭往上看，嘴裡不知喊了什麼就快速跑向他的黑龍。黑龍從她父親養的馬身上扯下一大塊肉吞了下去，不情願地飛到空中。騎士連連揮鞭。

艾黛拉看到農舍的門突然打開，另外兩名騎士衝出來，跑向自己的龍。

黑龍發出怒吼，朝艾黛拉與冰龍噴來熾熱的火焰。艾黛拉感覺到可怕的高溫，而冰龍在火焰迫近身下時打了個寒顫。接著，冰龍伸長脖子轉過頭，用冰冷無情的雙眼瞪著牠的敵人，張開結著冰的大嘴，從冰冷的牙齒後方呼出一道蒼白冷冽的風。

這道風碰到了下方炭黑色的龍，牠痛得尖聲大吼，當牠再次拍著大翅膀時，結了一層霜的翅膀斷成兩截。黑龍載著牠的騎士往下墜落。

冰龍又呼了一口氣。

黑龍和牠的騎士在跌落地面之前，就已經結凍死亡。

銅鏽色的龍朝他們飛過去，血色的龍也載著坦露胸膛的騎士跟過去。艾黛拉耳裡只聽得到對方憤怒的吼叫，她感覺到兩隻龍在她身邊吐氣，看到空中的熱氣閃爍發亮，甚至聞到硫化物的臭氣。

兩道像劍一樣的火焰穿越半空射過來，還好都沒碰到冰
龍，但牠在熱氣中逐漸變小，每次揮動雙翅，流出來的
水就像下雨。

血色的龍飛得太近，冰龍呼出的冷風吞噬了騎士。艾黛
拉親眼看到騎士的胸膛變藍，溼氣在他身上瞬間濃縮成
冰霜，覆蓋住他。他放聲淒厲尖叫，手上的韁繩鬆脫，
在龍的脖子上結成冰，死去的騎士跌下他的龍。轉彎離
開的冰龍又打個冷顫，渾身不停滴著水。血色的龍也死
了。

但現在，最後一名龍騎士來到他們的身後，騎士全身穿
著盔甲，龍鱗的顏色和銅鏽一樣深。艾黛拉忍不住尖
叫，就在這時候，對方噴出的火焰包住了冰龍一側的翅
膀。

火一下就熄了，但冰龍的雙翅也跟著融化、燒毀。

冰龍瘋狂拍動僅存的一邊翅膀，想減緩下降的速度，但仍然重重摔落到地面。牠的腳撞得粉碎，剩下的翅膀破了兩個缺口。這一撞，把艾黛拉也從牠背上撞了下來。她跌落在農地上軟軟的地面，連滾帶爬地掙扎站起來，身上雖然有瘀血但沒有大傷。

這時的冰龍看起來好小，也殘缺不全。牠長長的脖子疲憊地往下沉，頭停在麥桿上。

冰龍痛苦地抬了一次頭，發出一個艾黛拉從未聽過的聲音：虛弱的哭聲充滿了哀傷，這個聲音和北風掠過永冬之境那座白色空城堡的高塔和戰場所發出的呼嘯聲一樣。

哭聲停息後，冰龍對著這世界呼出最後一道冷風：這縷綿長的藍白冰霧中帶著雪片、孤寂，是所有生靈的終點。最後一名敵方的龍騎士揮著鞭子和長矛直飛了進去。艾黛拉看著他撞上這道冰霧。

接著她拔腿狂奔，把麥田拋在背後，朝家和裡頭的家人盡可能地飛快跑去，像個七歲大的孩子那樣邊跑邊喘邊哭。

艾黛拉不知道自己該怎麼辦，但她找到了淚水已乾的泰芮，姊妹一起鬆開傑夫，然後解開綁住他們父親的繩索。泰芮照料、清理了父親的傷口。當他張開眼睛看到艾黛拉時，他露出了笑容。艾黛拉緊緊抱住爸爸，為他哭泣。

到了晚上，父親說他身體舒服多了，可以遠行。

一家人趁著夜幕低垂時沿著國王的道路南下。

在黑暗又充滿恐懼的幾小時路程中，她的家人沒有發問。但等到他們安全抵達南方後，他們開始問個不停。艾黛拉竭盡所能，給他們最好的答案。但除了傑夫，沒有人相信她的話，而且傑夫長大以後也不再相信妹妹。畢竟她才七歲，不知道冰龍根本不會在夏天出現，而且也沒辦法馴服或騎乘。

再說，那晚他們離家時，也沒看到什麼冰龍。他們只看到三隻巨大的戰龍屍體，和三名身穿橘黑兩色制服的龍騎士。除此之外，他們只看到一汪從前不存在的小水池，而且發現池水非常冰涼。他們小心翼翼地繞過小水池，才朝大馬路前進。

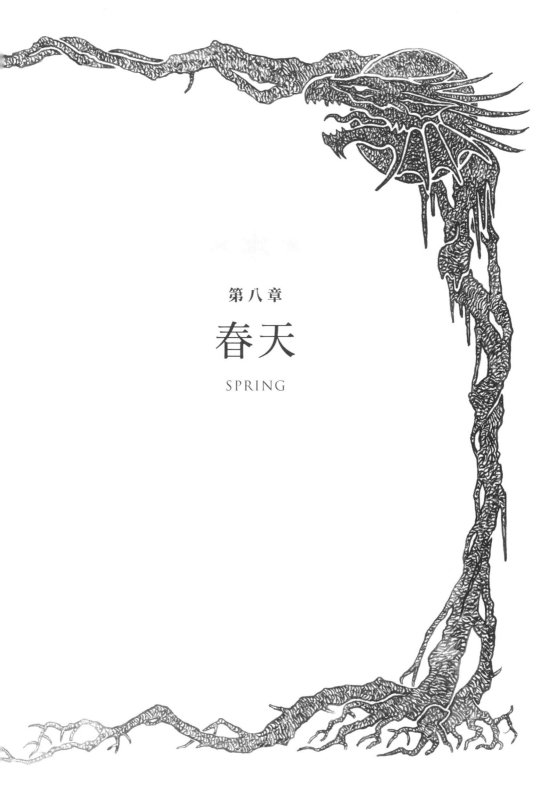

第八章

春天

SPRING

到了南方，三個孩子的父親為另一名農夫耕種了三年。他盡可能存下所有的錢，而且他看來很快樂。

「哈爾走了，我的地也沒了，」他告訴艾黛拉：「這讓我很

難過。但那還好，因為我的女兒回來了。」小女孩體內的冬天也離開了，她終於會微笑、歡鬧，甚至會和其他小女孩一樣哭泣。

他們逃離家鄉的三年後，國王的軍隊在一場大戰中狠狠打敗
敵軍，國王的龍燒掉了敵方首都。

在接下來的和平歲月中，北方省分又換了一次主人。泰芮找回了精力，嫁給一名年輕的老師，繼續住在南部。傑夫和艾黛拉則跟著父親回到農場。

第一次降霜時，所有的冰蜥蝪就像從前那樣跑了出來。艾黛
拉帶著微笑看牠們，想起了從前。但她沒試圖去碰觸。冰蜥
蝪是既冰冷又脆弱的小東西，她雙手的溫度會傷了牠們。

作 者

喬治·R·R·馬汀
George R. R. Martin

當代最重要的奇幻、科幻小說大師

40 多年文學耕耘、10 年好萊塢編劇打磨

19 次入圍雨果獎，4 度獲獎

13 次入圍星雲獎，2 度奪冠

16 次獲得軌跡雜誌年度最受歡迎小說

2011 年《時代雜誌》百大影響力人物

2012 年世界奇幻文學獎得主

1948 年生於美國紐澤西貝約恩市。27 歲寫下〈萊安娜之歌〉，獲象徵科幻小說界最高成就的雨果獎，此後多次拿下雨果獎、星雲獎，還連連獲得「軌跡雜誌年度最受歡迎小說大獎」肯定，並成為世界奇幻文學獎得主。2011 年更入選《時代雜誌》百大影響人物。

喬治‧馬汀從科幻入行，在橫掃科幻獎項後，跨界影視圈，曾擔任《陰陽魔界》和《美女與野獸》等電視影集編劇總監。之後也推出含括小說、漫畫、遊戲形式的「百變王牌」（Wild Cards）系列。然而一直到 1996 年推出《冰與火之歌》後，才正式奠定馬汀成為當今歐美最受推崇正統奇幻小說作家的地位。

他的科幻作品多以中、短篇見長，筆調詩意瑰麗、感傷又富浪漫色彩，包括收錄多篇得獎作品的《暗夜飛行者》，以及長篇《光之逝》《熾熱之夢》等書。預計共七部的奇幻小說《冰與火之歌》系列，在書迷引頸期盼第六部面世期間，陸續出版了相關作品。而各界推測為《冰與火之歌》想像起點的《冰龍》也重新問世，並邀請獲獎知名繪師路易師‧絡約來詮釋壯闊魔幻場景。

繪 者

路易斯・絡約
Luis Royo

西班牙插畫大師，以繁複華麗的奇幻畫風聞名。除繪製封面與內頁，朝向多媒材創作發展的絡約曾為知名樂團、電玩、動畫進行視覺設計，並參與莫斯科地鐵巨型穹頂畫的繪製計畫。

2000 年，他獲得義大利動漫展千禧大獎。在多次得到幻想藝術類的切斯利獎、軌跡獎、光譜獎肯定之外，2015 年聖地牙哥動漫展也頒發墨水瓶獎，肯定他在幻想作品領域的成就。至今他已多次受邀至巴塞隆納、馬德里、米蘭、紐約、西雅圖等各大城市舉辦個人特展。經過三十多年技法精鍊，絡約以渲染技法搭配單特色反差畫面，呈現《冰龍》的壯麗綺美，深入女孩與龍的神祕傳說。

圓神出版事業機構 Eurasian Publishing Group
用心同你創越·視野無限寬廣

寂寞出版社 Solo Press

www.booklife.com.tw   reader@mail.eurasian.com.tw

SOUL 032

冰龍【冰與火之歌的起點，喬治馬汀最愛的故事】

作　　者／喬治·馬汀 George R. R. Martin
譯　　者／蘇瑩文
發 行 人／簡志忠
出 版 者／寂寞出版社股份有限公司
地　　址／台北市南京東路四段50號6樓之1
電　　話／（02）2579-6600 · 2579-8800 · 2570-3939
傳　　真／（02）2579-0338 · 2577-3220 · 2570-3636
總 編 輯／陳秋月
主　　編／李宛蓁
責任編輯／朱玉立
校　　對／李宛蓁 · 朱玉立
美術編輯／林雅錚
行銷企畫／詹怡慧 · 曾宜婷
印務統籌／劉鳳剛 · 高榮祥
監　　印／高榮祥
排　　版／莊寶鈴
經 銷 商／叩應股份有限公司
郵撥帳號／ 18707239
法律顧問／圓神出版事業機構法律顧問　蕭雄淋律師
印　　刷／祥峯印刷廠
2019年4月　初版
2022 年10月　4刷

定價 320 元　　　　ISBN 978-986-96018-9-4

故事隨著鑽石一顆顆滾出，閃耀著，封存著，

一如時間封存在鑽石中，每一顆都凝結著光芒……

曾沉默的，如今開口細說從頭，

而刻意封存在石中的故事，終將破石而出。

—— 《挑戰莎士比亞 1：時間的空隙》

◆ **很喜歡這本書，很想要分享**

圓神書活網線上提供團購優惠，
或洽讀者服務部 02-2579-6600。

◆ **美好生活的提案家，期待為您服務**

圓神書活網 www.Booklife.com.tw
非會員歡迎體驗優惠，會員獨享累計福利！

國家圖書館出版品預行編目資料

冰龍【冰與火之歌的起點，喬治馬汀最愛的故事】/
喬治‧馬汀（George R. R. Martin）著；
蘇瑩文譯. -- 初版. -- 臺北市：寂寞, 2019.04
　　128 面；14.8×20.8 公分 （SOUL；32）
　　譯自：The Ice Dragon
　　ISBN 978-986-96018-9-4（精裝）

874.57　　　　　　　　　　　　　　　　108002151